Ilse Gräfin von Bredow

Hansemann, geh du voran

Zum Buch

»Das Leben steckt voller Überraschungen!« – Das wusste damals schon Kusine Reinhild, als Teile eines abgeschossenen Flugzeugs durch den Schornstein sausten und in ihrer Bratpfanne landeten. Nicht weniger verblüffend ist die Geschichte von Evchen, die ihren Teddy Hansemann auf eine Reise an den Polarkreis schickt – allein! Da Evchen nicht mehr die Jüngste ist, diagnostiziert ihre Kusine einsetzende Demenz. Und denkt zurück an ihre Kindertage, als sie und Evchen – und natürlich Teddy Hansemann – einen Sommer lang den Landsitz ihrer Verwandten unsicher machte …

Ilse Gräfin von Bredow, 1922 in Schlesien geboren, wuchs in der märkischen Heide auf und besuchte später ein Internat. Während des Krieges war sie im Arbeitsdienst und musste Kriegshilfsdienst leisten. Seit Anfang der Fünfzigerjahre lebt sie als Journalistin und Schriftstellerin in Hamburg und hat zahlreiche erfolgreiche Bücher veröffentlicht, zuletzt »Nach mir die Sintflut«.

Ilse Gräfin von Bredow

Hansemann, geh du voran

Mit acht farbigen Illustrationen
von Oliver Wetter

Pendo München Zürich

Mehr über unsere Autoren und Bücher:
www.pendo.de

Von Ilse Gräfin von Bredow liegen bei Piper außerdem vor:

Des Hauses Ehr ist Gastlichkeit
Das Hörgerät im Azaleentopf
Kartoffeln mit Stippe
Adel vom Feinsten
Willst du glücklich sein im Leben/Die Küche meiner Kindheit
Adel vom Feinsten/Der Glückspilz
Ich und meine Oma und die Liebe/Benjamin, ich hab nichts anzuziehen

FSC
www.fsc.org
MIX
Papier aus verantwortungsvollen Quellen
FSC® C013736

ISBN 978-3-86612-306-9

Umschlaggestaltung: Mediabureau Di Stefano, Berlin
Umschlag- und Innenillustrationen: Oliver Wetter/Fantasio Fine Arts
Autorenfoto: Francesco Spano
Gesamtherstellung: Kösel, Krugzell
Gesetzt aus der Minion
Printed in Germany

Ich hätte besser zuhören sollen. Aber an diesem denkwürdigen Tag überfiel mich – wie immer im unpassendsten Moment – eine plötzliche Müdigkeit, und ich bekam nur die Hälfte mit von dem, was Evchen mir da erzählte. Außerdem werde ich leider mit zunehmendem Alter immer begriffsstutziger, besonders dann, wenn es sich um Dinge handelt, die für mich ein Buch mit sieben Siegeln sind. Umso größer war meine Verblüffung, als ich dann endlich herausbekam, worum es bei ihrem Gerede eigentlich gegangen war. Aber wie Cousine Reinhild damals schon so richtig bemerkte, als Teile eines abgeschossenen Flugzeugs durch ihren Schornstein sausten und in ihrer Bratpfanne landeten: »Das Leben steckt voller Überraschungen.«

Evchen und ich stammen, zumindest was die Anzahl ihrer Mitglieder betrifft, aus einer stattlichen Familie. Damals gab es eben reichlich Nachwuchs. Nur waren die Zeiten schlecht, als meine Generation auf den Wickeltischen landete. Aber die Verwandtschaft hielt zusammen, und es war Sitte, dass die Kinder, bei deren Eltern Schmalhans Küchenmeister war, in den Ferien von den Betuchteren zum Auffuttern aufs Land eingeladen wurden. Ob arm oder reich, was die Kindererziehung betraf, machte man damals keine Unterschiede, überall galten dieselben Prinzipien, die man in Sprüche verpackte wie: *Was auf den Tisch kommt, wird gegessen*; *Kinder sieht man, aber man hört sie nicht*; *Was Hänschen nicht lernt …* Doch an allererster Stelle stand: *Spare in der Zeit, dann hast du in der Not* – ein Grundsatz, der sich zuweilen als töricht erweisen kann, wie die Inflation uns lehrte.

Der eiserne Grundsatz der Sparsamkeit galt leider auch für unsere Klamotten. Denn obwohl wir kaum reisten, befand sich unsere Kleidung ständig auf Wanderschaft und kehrte erst nach einigen Jahren mehrfach geflickt zu ihrer Stammfamilie zurück, um dessen jüngstem Spross zu dienen. Das Wiedersehen löste bei uns nicht gerade Freude aus, was meist mit dem beliebtesten Satz der Kindererziehung kommentiert wurde: *Hab dich nicht so*.

»Hab dich nicht so«, sagte auch mein ältester Bruder zu mir, als ich seine ausgebleichte Matrosenbluse auftragen musste und mich beschwerte, darin hätten bereits die Motten Ballett getanzt. Nur das deswegen viel beneidete Evchen blieb von der Zumutung der

Wanderkleidung verschont. Sie war einfach zu groß und hatte schon als Kind fast Gardemaß.

Ich sah diese Cousine zum ersten Mal, als wir beide etwa neun Jahre alt waren und in den Ferien gemeinsam zu Onkel und Tante aufs Land geschickt wurden. Ich zeigte mich angesichts dieser Einladung wenig begeistert. Unsere Gastgeber hatten drei Söhne, deren Bekanntschaft zu machen mir nicht gerade verlockend erschien. Meine älteren Brüder reichten mir. Außerdem war ich ein Mamakind und klebte mit Ausdauer an meiner Mutter. Und schließlich war mir Evchen völlig fremd, auch wenn ich bereits viel von ihr gehört hatte, denn sie war in der Verwandtschaft ein beliebtes Gesprächsthema, und ein Kind hat nun mal lange Ohren.

Der Nachwuchs in meiner Familie war überwiegend mittelgroß, dunkelhaarig, sehr redselig und machte aus seinem Herzen keine Mördergrube, sodass heftige Auseinandersetzungen mit den Geschwistern zur Tagesordnung gehörten. Natürlich gab es hin und wieder eine Abweichung von dieser Norm, aber im Großen und Ganzen fiel das nicht sehr ins Gewicht. Nur Evchen war eine wirkliche

Ausnahme. Sie war blond, blauäugig, hatte schaufelartige Hände, kräftige Oberarme, große Füße und tat das, was sich unsere Eltern sehnlichst von uns wünschten: Sie hielt den Mund.

Als Onkel Kurt, genannt der Veteran, weil er angeblich schon im Deutsch-Französischen-Krieg von 1870 mitgekämpft hatte, sich bei ihren Eltern einquartierte, musterte er Evchen interessiert, nannte sie eine »bildhübsche Walküre« und prophezeite den Eltern, dass sie mit diesem Mädchen noch ihr blaues Wunder erleben würden. Was genau er darunter verstand, ließ er allerdings offen.

Onkel Kurt war unverheiratet geblieben, obwohl er äußerst charmant war. Wo Bartel den Most holt, wusste er vielleicht nicht, dafür aber, wo bei seinen jeweiligen Gastgebern der Cognac stand. Trotz seiner Zuneigung zum Alkohol erfreute er sich großer Beliebtheit, besonders bei den älteren Damen, denen er Komplimente machte und – was die Ehemänner längst nicht mehr taten – stundenlang zuhörte. Auch hielt er exzellente Tischreden und interessierte sich brennend für den Familienklatsch, zu dem er gern diese oder jene Anekdote hinzufügte. Generationen überdauernde Familiengeschichten entstehen meist nur durch vage Vermutungen, die dann durch ihre ständige Wiederholung allmählich zur Tatsache werden.

So erging es auch Evchens Mutter, als die Leute über sie zu tratschen begannen. War da nicht …? Hatte da nicht …? Gab es da nicht damals diese sagenhafte Hochzeit in Schweden, zu der sie ohne ihren Ehemann gefahren war, weil der Gatte, von einer Grippe heimgesucht, das Bett hüten musste? Hatte sie da nicht auffallend oft mit einem blonden Hünen getanzt, und blieb sie nicht unverhältnismäßig lang in diesem Land, fast vierzehn Tage? Irgendetwas bleibt immer hängen. So erging es auch dieser harmlosen Person, die, ganz die untadelige Hausfrau und gute Mutter, eher ein folgsames, sanftes Lamm war als ein wilder Käfer. Und dann neun Monate später – nun ja, gute acht Monate – diese Tochter! Irgendwie passten hier Deckel und Topf nicht zusammen, und eines wusste man ja: *Stille Wasser sind tief.* Kein Wunder also, dass im Gegensatz zu uns alltäglichen Geschöpfen Evchen und das Rätsel, das sie aufgab, zum Familienthema wurden.

Unsere Gastgeber, die uns für die Ferien auf ihre Klitsche eingeladen hatten, empfingen uns mit großer Herzlichkeit, wenn auch, wie Evchen und ich schnell feststellten, ihre Söhne von der flegelhaften Sorte waren. Schon ihre Mienen verhießen nichts Gutes.

Das Zimmer, in dem meine Cousine und ich untergebracht wurden, war recht gemütlich. Während wir unsere Koffer auspackten, musterte ich Evchen verstohlen. Das war nun also meine berühmte Cousine. Bis zu dem Moment hatten wir noch kein Wort miteinander gewechselt, aber dann drehte sie sich plötzlich zu mir um und hielt mir einen Teddy entgegen. Sie ließ ihn eine Verbeugung machen und sagte mit verstellter Stimme: »Gestatten Sie, dass ich mich vorstelle. Hansemann mein Name.«

Ich lachte, ergriff meine Puppe und zirpte: »Angenehm, ich heiße Rosi.«

Damit war das Eis gebrochen, und auch unsere Lieblingsspielzeuge, ein abgenutzter Teddy in Lederhosen und eine affig angezogene Puppe, schienen Sympathie füreinander zu empfinden. So kasperten wir weiter mit unseren Lieblingen herum und warte-

ten auf den Gong, der uns zum Mittagessen rufen würde.

Wir lebten uns schnell ein. Unsere Gastgeber waren großzügig und liebevoll, es gab nur wenige Verbote, die ohnehin mehr auf die Jungs als auf uns gemünzt waren. Dazu gehörte an erster Stelle, den in einer kleinen Koppel angepflockten Bullen nicht zu reizen, im Wald nicht mit Brennglas und Streichhölzern zu spielen und im Garten die Finger von den Erdbeeren zu lassen. Ebenso hielten sich unsere Pflichten in Grenzen, und wir wurden für ihre Erfüllung sogar noch gelobt, im Gegensatz zu den Vettern, die uns deswegen finstere Blicke zuwarfen. Wir durften uns herauspicken, was uns Spaß machte, etwa Obst pflücken, Eier einsammeln, Küken füttern und aufpassen, dass die Glucke nicht mit ihnen auf die Wiese rannte, über der gierig auf Frischfleisch die Raubvögel kreisten. Auch beim Backen halfen wir gern. Evchen erwies sich im Gegensatz zu mir – wahrscheinlich ein Erbe ihrer Mutter – in den häuslichen Pflichten als besonders nützlich. Sie fand stets heraus, wo die widerborstigen Hennen ihre Eier versteckten, und lernte blitzschnell, mit der Zentrifuge umzugehen, während mit mir als Hilfe nicht viel Staat zu machen war.

Den Jungen war deutlich anzumerken, dass sie sich über unsere Bevorzugung ärgerten. Während man uns weitgehend in Ruhe ließ, scheute sich der Hausherr nicht, seine eigene Brut überall dort einzuspannen, wo Hilfe benötigt wurde, was uns ständig Minuspunkte bei den Vettern einbrachte. Da konnte die Mutter noch so viel von *Gastfreundschaft* und *Verwandtschaftspflege* reden. Zunächst gab es nur die üblichen Belästigungen, die wir schon von unseren Brüdern kannten. Mal fanden wir einen Frosch in unserem Bett, mal etwas Stachliges in unseren Jackentaschen. »Gar nicht drum kümmern«, sagte Evchen, bevor ihr wieder ein neues Spiel einfiel.

Bei unseren Spielen war Evchen unangefochten die Tonangebende, denn sie verfügte über eine unerschöpfliche Phantasie. Und Hansemann und Rosi wurden selbstverständlich immer mit einbezogen. Sie verlobten sich, heirateten, bekamen jede Menge Kinder in Gestalt sorgfältig ausgesuchter Kieselsteine, wurden schwer krank und starben schließlich – als Erster der Gatte Hansemann, sehr zum Glück von

Rosi, deren Tod dadurch in weite Ferne rückte. Evchen hatte sich für den Teddy eine besonders originelle Grabstelle ausgesucht: einen Fuchsbau. Doch dummerweise gab es davon mehrere im Wald. Nach der andachtsvollen Beerdigung dauerte es fast zwei Tage, bis wir den richtigen wiederfanden und Evchen ihren auferstandenen Hansemann in die Arme schließen konnte.

Nach dem Mittagessen gingen wir üblicherweise zu unserem Lieblingsplatz, einer alten Eiche an einem kleinen Teich. Während Evchen jedes Mal ein neues Buch aus dem Bestand der Gastgeber mitschleppte – ein Privileg, das diese uns freimütig eingeräumt hatten – und sich in Märchen und Sagen vertiefte, beobachtete ich lieber den ruckartigen Flug der Libellen und die sich im Tauchen übenden Entenküken, bis ich schläfrig wurde und ein Nickerchen machte. Wenn wir dann wieder nach Hause trotteten, erzählte Evchen mir, was sie gerade gelesen hatte. Meist wimmelte es in ihren Geschichten von Vampiren, Drachen und Monstern. Ihre Schilderungen waren so realistisch, dass ich begann, bei jedem Geräusch hinter mir zusammenzuzucken, weil ich schon den Biss

eines dieser gruseligen Geschöpfe in meinem Nacken zu fühlen meinte.

Unser Lotterleben erweckte mehr und mehr den Neid der Vettern. Während sie von ihrem Vater im Stall, in der Scheune und auf dem Hof ganz schön rangenommen wurden, ging es uns prächtig. Zwar spielten sie mit uns, wenn ein Regentag dazwischenkam, brav Mensch-ärgere-dich-nicht oder Karten, aber meist endeten diese Spiele im Gezanke und Gerangel, worauf Evchen und ich jedoch nicht groß achtgaben.

Eines Tages dann war Hansemann verschwunden. Wir suchten vergebens in jedem Winkel nach ihm. »Die Jungs«, sagte ich zu Evchen, »du wirst sehen, es waren die Jungs.«

Wir liefen über den Hof und stellten die drei hinter der Scheune. Evchen nahm sich gleich den Größten vor. Florian war zwar zwei Jahre älter als wir, aber an Evchen hatte er sich nie so recht rangetraut. Meine Cousine ging sofort zum Angriff über und verdrehte ihm, zum großen Erstaunen seiner jüngeren Brüder, den Arm. »Was hast du mit ihm gemacht?«, schrie sie.

Vergeblich versuchte Florian sich loszureißen. »Du und dein dämlicher Teddy. Was soll ich wohl mit ihm gemacht haben?«

»Das werden wir gleich rausbekommen!«, rief Evchen. Ruck, zuck nahm sie ihn in den Schwitzkasten und zerrte ihn zur nahe gelegenen Koppel. So außer sich hatte ich Evchen noch nie erlebt. Florian war ganz starr vor Schreck und forderte seine Brüder mit halberstickter Stimme auf, ihm zu helfen. Aber vor lauter Verblüffung, dass ihrem großen, respektierten Bruder so etwas überhaupt passieren konnte, noch dazu mit einem Mädchen, standen sie wie versteinert.

»Wo hast du ihn versteckt?«, rief Evchen und schleppte den Halberstickten weiter zum Koppeltor, öffnete es und näherte sich dem friedlich grasenden Bullen. Der sah die beiden erstaunt an, besann sich aber dann auf seine Rolle als Wüterich und fing an, mit den Hufen zu scharren und mit gesenktem Kopf ein dumpfes Brüllen von sich zu geben.

»Sag's!«, rief Evchen, »oder ich schubs dich ihm direkt vor die Hörner!«

Jetzt bekam es Florian wirklich mit der Angst und

röchelte nach Luft schnappend: »Er sitzt in einem Krähennest im Birkenwäldchen.«

Eine halbe Stunde später lag Hansemann wieder in Evchens Armen. Er sah ein wenig mitgenommen aus, sein Körper war mit Kletten gespickt, und sogar auf seinem Mund klebte eine, was ihm einen griesgrämigen Ausdruck verlieh, aber sonst schien es ihm gut zu gehen.

Florian wurde von seinem Vater streng ins Verhör genommen, er verlangte eine genaue Schilderung seiner Missetat. Doch Florian zeigte sich verstockt. »Du sagst doch immer, der Kavalier genießt und schweigt!«, rief er anklagend. Darüber musste sogar die Mutter schmunzeln, und der Vater meinte belustigt: »Aber nur, wenn er ein Masochist ist.« Denn Florians jüngere Brüder hatten ihm von dem Vorfall auf der Koppel berichtet.

Von da an herrschte Burgfrieden.

Als der Tag der Abreise gekommen war, fiel uns der Abschied schwer. Evchen herzte noch einmal die Katzenjungen und konnte sich gar nicht von ihnen trennen, bis ich ungeduldig wurde und im schnodderigen Ton meiner Brüder sagte: »Mein Gott, es sind

doch nur Katzen. Hab dich nicht so«, wofür ich blitzschnell eine kräftige Ohrfeige von ihr bekam, die ich verdattert und kommentarlos hinnahm. Doch unser Onkel hatte längst dafür gesorgt, Evchens Abschied von den Katzen zu versüßen. Sie durfte sich eines der Jungen aussuchen und mitnehmen. Evchen strahlte und dachte sich auch gleich einen Namen für das Katzenvieh aus: Muselmaus. Als ich sie, vorsichtig geworden, fragte: »Darf ich Muselmaus auch mal auf den Arm nehmen?«, war ihr Zorn bereits verflogen, und sie nickte gnädig.

Wir blieben weiterhin Freundinnen, schrieben uns eifrig, berichteten über unsere Erlebnisse und tauschten Zigarettenbildchen. Meine Briefe bestanden oft aus der Aufzählung der Gäste, die uns besuchen kamen, und der Klage, dass bestimmte Verwandte mir mal wieder nichts mitgebracht hatten. Evchens Briefe dagegen strotzten vor Phantasie, wobei sich die meisten Erlebnisse um Muselmaus und Hansemann drehten. So erfuhr ich, dass die Katze und Hansemann dicke Freunde geworden waren und Muselmaus ihn gern als Schlafplatz benutzte. Neben diesen eher banalen Dingen erfand sie zudem ganze Geschichten, in denen der Teddy und die Katze die Hauptrollen spielten. Das war nicht nur spannend zu lesen, sondern so eindringlich dargestellt, dass ich es für bare Münze nahm. Wenn ich jedoch meinen Brüdern davon erzählte, tippten sie sich nur vielsagend an die Stirn und flüsterten sich zu: »Genau wie Tante Ortrud«, was mich sehr kränkte, denn von dieser Tante wurde behauptet, dass sie nicht ganz richtig im Oberstübchen sei.

Die Zeit verging, ich kam mehr und mehr in die Kicherjahre und besuchte das Lyzeum unserer Stadt. Dort gab es nicht minder interessanten Gesprächsstoff, auch wenn sich dieser jetzt mehr um das andere Geschlecht drehte. So fingen die Geschichten von Muselmaus und Hansemann naürlich bald an, mich zu langweilen. Rosi hatte ich inzwischen meiner zwei Jahre jüngeren Schwester geschenkt, was eine, wie ich fand, außerordentlich großmütige Geste von mir war, die ich nicht oft genug erwähnen konnte, bis die Geschwister mich mit dem beliebtesten Familiensatz *Du sprachst schon davon* mundtot machten.

Dass es im Lyzeum nur Mädchen gab, empfand

ich, die ich oft unter den Scherzen meiner Brüder zu leiden hatte, eher als wohltuend, was mich aber nicht daran hinderte, mit den älteren Jungs vom Gymnasium das Flirten zu üben. Es gab damals in unserer Kleinstadt eine Sitte, über die man heute nur noch den Kopf schütteln würde. Auf der linken Seite der Hauptstraße flanierten die Jungen, auf der rechten die Mädchen. Nähere Begegnungen fanden ausschließlich beim Bäcker statt, wo man alten Kuchen zum halben Preis bekam und einem gelegentlich ein pickliger Kavalier einen »Amerikaner« von vorgestern spendierte.

Auch bei Evchen gab es im Lauf der Jahre einige Veränderungen. Hansemann und Muselmaus hatten Konkurrenz bekommen und das durch ein Geschöpf, das Evchen gar nicht oft genug erwähnen und loben konnte. Es war – in unserem damaligen Jargon – geradezu einmalig, bombig, enorm, phänomenal und wahnsinnig süß. Das Wunderwesen hieß Rapunzel und war eine Stute, deren Schönheit nicht einmal ein fehlendes Auge etwas anhaben konnte. Sogar der gelegentlich grummelig wirkende Reitlehrer sei im Grunde *pyramidal*, schrieb Evchen mir. Ein spendabler Patenonkel hatte ihr das Geld für den so glühend erwünschten Reitunterricht geschenkt, und Rapunzel war ihr von dem Reitlehrer zugeteilt worden. Doch bei aller gegenseitigen Liebe bewies ihr die Stute auch hin und wieder mal, wer von ihnen beiden das Sagen hatte. Besonders bei dem Kommando »Im Arbeitstempo Terr-ab!« zeigte sich der süße Liebling jedesmal recht bockig.

Erst während der Olympischen Spiele sah ich Evchen wieder. Ich hatte meine Sparbüchse für einen reichlich hohen, trichterförmigen Hut geplündert, auf den ich sehr stolz war, der aber meine Brüder zu der Bemerkung veranlasste, ich sähe damit aus wie ein kranker Dackel. Meine Eltern hatten Karten für das Dressurreiten besorgt, und obgleich das Stadion vor Menschen nur so wimmelte, fanden sich immer wieder Verwandte ein, um uns zu begrüßen. So auch Evchen, die mich dank ihres Gardemaßes als Erste erspähte. Sie war in Begleitung, und zu meiner großen Verwunderung war ihr Kavalier der einstige Tunichtgut Florian. Im Gegensatz zu mir weckte Evchen in ihrem knappen Dirndl und der blonden Gretchenfrisur das Interesse sämtlicher Fotografen, was dem zwei Kopf kleineren Florian mehr gefiel als ihr. Er hatte seinen Arm besitzergreifend um ihre Taille gelegt und betrachtete mich dabei wie ein lästiges Insekt.

»Wie geht es deinen Eltern?«, fragte ich höflich.

»Den alten Herrschaften geht es gut«, sagte er kurz. »Schick, dein Hut. Deine alte Schultüte, nehme ich an?«

»Gartenzwerge wie du verstehen nun mal nichts von Mode«, sagte ich gekränkt.

Evchen lachte. »Wir gehen jetzt zu den Pferden. Kommst du mit?«

Ich schüttelte den Kopf. »Ich muss zu meiner Mutter zurück. Sie fragt sich bestimmt schon, wo ich geblieben bin.«

»In Ordnung«, sagte Evchen. »Wir übernachten ja im selben Hotel. Da können wir uns vorm Schlafengehen noch ordentlich ausquatschen. Ich habe dir viel zu erzählen.«

Als ich zu meiner Familie zurückkehrte, hatte mich wie üblich niemand vermisst. »Da bist du ja« war alles, was meine Mutter sagte, bevor sie im Kreise der anderen Damen weiterhin gebannt zuhörte, was der Veteran Onkel Kurt Kluges von sich gab. Der führte wie immer das große Wort. Es ging um einen jungen deutschen Offizier, der gerade im Mittelpunkt des Interesses stand. Als Teilnehmer der Olympischen Spiele sei er trotz eines schweren Sturzes beim Geländeritt die vorgegebene Strecke zu Ende geritten. Mit eingegipstem Arm, der ihm sogleich einen zweiten Sturz einbrachte, sei er auch am nächsten Tag wieder bis zum Ende dabei gewesen, um die Chancen seiner Mannschaft nicht zu verringern. Tatsächlich wurden sie mit der höchsten Auszeichnung belohnt, der Goldmedaille. Alles war begeistert, habe doch sogar der »Führer« ihn beglückwünscht und ihm, wie der Veteran betonte, »persönlich« die Hand gedrückt, was meinen großen Bruder brummeln ließ: »Der Schäferhund kann's ja wohl kaum gewesen sein.«

Wie sich herausstellte, war dieser wunderbare Mensch meinem Onkel sogar bekannt, beziehungsweise, wie er es lässig nannte, »mehrmals über den Weg gelaufen«. Ein angenehmer junger Mann, bescheiden, mit tadellosen Manieren, der es in der Wehrmacht noch weit bringen werde, vielleicht sogar zum General. »Reizende Eltern, fabelhafte Gastgeber – aber natürlich auch ein Junge …«, er senkte die Stimme, »der nichts anbrennen lässt.« Gerade als das Thema für die zuhörende Weiblichkeit interessant wurde, erschien die Prominenz. Jedermann strebte zu seinem Tribünenplatz, die Reiter formierten sich für die Nationalhymnen, danach wurde es still im Stadion. Das Dressurreiten hatte begonnen.

Evchens und mein Zimmer lagen zu unserer Freude nebeneinander. Die Räumlichkeiten waren aus heutiger Sicht mehr als schlicht, ein Badezimmer gab es selbstverständlich nicht, sondern nur ein Waschbecken, einen knarrenden Schrank, ein Bett, einen Stuhl und das war's – dafür jedoch auf jedem Nachttisch die Bibel. Und wer saß in Evchens Zimmer darauf? Der Teddy Hansemann in einem von Evchens Mutter geschneiderten Matrosenanzug.

»Der Arme«, sagte ich mitfühlend. »Warum hast du ihn nicht ins Stadion mitgenommen? Dein Florian hätte sich sicher gefreut, ihn wiederzusehen.«

»Er ist nicht mein Florian«, sagte Evchen aufgebracht. »Wir haben uns rein zufällig getroffen. Inzwischen sind er und seine Eltern längst wieder zu Haus.

Du weißt doch, mit den Hühnern ins Bett, denn *Morgenstund hat Gold im Mund*. Und was Hansemann betrifft – er war ein böser Junge.«

»*Buß und Reu, Buß und Reu, knirscht das Sünderherz entzwei*«, zitierte ich, was ich im Konfirmationsunterricht gelernt hatte. »Was hat er denn ausgefressen?«

»Lass uns besser in dein Zimmer gehen«, sagte Evchen. »Dann kann er nicht zuhören.«

»Von mir aus«, sagte ich achselzuckend. Wir setzten uns auf mein Bett, und schon begann Evchens Phantasie zu sprudeln. Sie habe den Teddy mit in den Reitstall genommen, um ihn Rapunzel vorzustellen. Leider habe die Stute wenig Interesse gezeigt und ihm außerdem noch halbzerkautes Heu ins Gesicht gepustet, ehe sie wieder zu ihrer Krippe zurückgekehrt war. Als der Reitlehrer Evchen und die anderen Mädchen zu sich rief, um ihnen etwas zu erklären, habe Evchen Hansemann auf einen Pfosten der Pferdebox gesetzt. Und was war passiert? Der Teddy hatte sich auf Rapunzels Kopf fallen lassen und die Stute damit furchtbar erschreckt.

»Da war vielleicht was los«, sagte Evchen. »Ich

habe Rapunzel nicht wiedererkannt. Sie hat gewiehert, geschnaubt und hätte Hansemann fast zu Mus getreten.«

»Und wie hat dein *pyramidaler* Reitlehrer darauf reagiert?«, fragte ich neugierig.

»Rumgebrüllt.« Sie seufzte.

»Aber das ist ja nun Schnee von gestern«, tröstete ich sie. »Warum hast du den Teddy eigentlich nicht zu Hause gelassen?«

»Kann ich nicht«, sagte Evchen düster. »Muselmaus hat wieder Junge bekommen. Und die benutzen ihn gern als Kletterbaum. Stell dir vor, sie ist schon mehrfache Urgroßmutter. Aber den dazugehörigen Urgroßvater haben wir noch nie zu Gesicht bekommen. Der Musterung des Nachwuchses nach zu urteilen kann es eigentlich immer nur derselbe sein. Wahrscheinlich ein verwilderter Kater, der es sich im Wald gemütlich gemacht hat. Dem bleibt sie auch treu, egal wie heftig ihr andere Kavaliere den Hof machen. Apropos Nachwuchs«, meinte Evchen plötzlich. »Hättest du nicht Lust, ein süßes kleines Kätzchen zu adoptieren?«

Aber meine Katzenliebe hielt sich in Grenzen, und ich lehnte dankend ab.

»Dann eben nicht«, sagte Evchen. »Weißt du was? Wir machen jetzt noch einen kleinen Stadtbummel. Unsere Eltern kommen bestimmt erst spät zurück. Sie wollten ins Theater und dann noch etwas essen gehen.«

»Gute Idee«, sagte ich.

Als wir die Schlüssel abgaben, sah uns der Portier missbilligend an. »So spät noch unterwegs, die Damen? Wissen denn Ihre Eltern das?«

»Aber wir sind doch schon konfirmiert und bereits fünfzehn!«, rief ich entrüstet.

»Halb zehn!«, sagte der Portier. »In meiner Jugend hätt es sowat nich jejeben. Na denn, viel Spaß.«

Es war ein herrlicher Abend. Wir schlenderten über den Kurfürstendamm und fanden die Reichshauptstadt phänomenal, die Berliner irre nett und wahnsinnig schlagfertig. Wir bewunderten die Auslagen in den erleuchteten Schaufenstern und staunten über das bunte Völkergemisch auf den Straßen, das wir dank der Olympischen Spiele zu sehen bekamen und das aus Ländern stammte, die wir nur aus Märchen und Sagen kannten. Während wir uns in einem Straßencafé an einem Eisbecher labten, schmiedeten wir Zukunftspläne. Evchen wollte unbedingt Reitlehrerin werden, ich schwankte noch zwischen Gutssekretärin und Kindergärtnerin.

»Kindergärtnerin«, wiederholte Evchen erstaunt, »deine Liebe zu Kindern ist mir neu.«

Aber zunächst einmal wollten wir nach der Schule unser Leben genießen, zumindest so lange, wie es die Eltern duldeten.

Leider ließ uns die »Vorsehung«, von der unser »Führer« immer häufiger sprach, schließlich kaum Zeit, unsere Jugend auszukosten. Der Krieg war schneller als wir und wirbelte uns sechs Jahre durcheinander, und danach dauerte es wieder eine kleine Ewigkeit, bis wir, die Überlebenden, unseren Platz gefunden hatten. Auch meine stattliche Familie war sehr geschrumpft. Ein großer Teil war dem Krieg zum Opfer gefallen – fürs Vaterland gestorben, vermisst, verschleppt, bei den Bombenangriffen umgekommen oder nach Kriegsende ausgewandert.

Evchen hatte ich in all den Jahren nur noch einmal getroffen, als sie ihre Verlobung feierte. Zu einer Hochzeit kam es nicht mehr, da war der zukünftige Ehemann bereits gefallen. Das von Onkel Kurt einst prophezeite *blaue Wunder*, das die Eltern mit ihr erleben würden, blieb aus. Evchen fristete, wie die meisten von uns, ein für heutige Verhältnisse sittsames Dasein.

Das blaue Wunder erlebte nur ich, sehr viel später, als wir uns nach Jahrzehnten mit fast neunzig Jahren wiedersahen.

Im Krieg hatte sie brav getan, was der Staat von uns verlangte: Pflichtjahr, Arbeitsdienst, Kriegsdienst, Letzeres als Flakhelferin. Unser Briefwechsel war eingeschlafen, und es wurde immer schwieriger, sich gegenseitig zu besuchen, denn sie lebte im äußersten Teil des Ostens, ich in Norddeutschland. Der Staat fand es unpassend, in der Welt herumzureisen, denn, das wusste doch allmählich jeder Deutsche: *Räder müssen rollen für den Sieg*. Aber natürlich hörten wir über andere Familienmitglieder voneinander. Und was ich von ihnen erfuhr, war mehr als sensationell: Evchen hatte einen Vorgesetzten angegriffen!

Bis dahin war die kleine Stadt, in der Evchen wohnte, von einem Bombenangriff noch verschont geblieben. Aber nun, wo sich der Krieg seinem Ende näherte, gab es kein Pardon mehr. Des »Führers«

Ansage, »Wir werden ihre Städte ausradieren«, hatte sich der Gegner zu eigen gemacht. Und da es dafür genügend Beispiele gab, herrschte auch in Evchens Abteilung große Nervosität.

Da Evchen seit Muselmaus Katzen bekanntlich liebte, besaß sie sogar als Flakhelferin eine zugelaufene Katze, die sie hegte und pflegte und sogar mit an ihren Arbeitsplatz nahm. Nun aber stolperte der diensthabende Unteroffizier eines Tages über das Tier, worauf er es voll Zorn am Genick packte und aus dem Parterrefenster warf.

Sekunden später landete ihr Vorgesetzter benommen auf dem Fußboden. Evchen hatte ihm mit ihrer Schaufelhand einen Kinnhaken versetzt.

Dummerweise verrenkte sich der Offizier dabei die Schulter. Eine Meldung war also fällig. Der diensthabende, mehrfach dekorierte Oberleutnant war glücklicherweise ein ruhiger Mensch, wenn auch, trotz des nahenden Kriegsendes, immer noch ein glühender Nationalsozialist. Er hörte sich die Meldung des Unteroffiziers und die von Evchen vorgetragenen Gründe für ihren Ausraster genau an. Dabei musterte er sie wohlwollend.

5

Eine richtige Amazone, diese junge Person, blond und blauäugig, kräftig, ein Prachtexemplar von einer deutschen Frau. Dagegen dieser Unteroffizier, murkelig, klein, mit krausem Haar und auf der Uniform nicht eine einzige Auszeichnung. Ein Etappenhengst schlimmster Sorte. Wer weiß, wie er es angestellt hatte, sich den ganzen Krieg über in der Heimat so durchzuschlängeln.

Nach einigem Hin und Her, wie es die Regeln verlangten, verlief das Ganze im Sande. Von einer Disziplinarstrafe war keine Rede. Trotzdem, schließlich war es Rebellion gegen einen unmittelbaren Vorgesetzten gewesen, bekam der Mann drei Tage Urlaub. Das sollte der Gerechtigkeit Genüge tun. Der Oberleutnant seufzte. Es herrschte schon wieder Voralarm. Wer weiß, was auf diese Mädels noch alles zukommen würde. Frauen an Geschützen, wer hätte sich das zu Beginn des Krieges ausmalen können. Aber es war müßig, sich in diesem Augenblick darüber den Kopf zu zerbrechen. Schließlich ging es um das Überleben eines ganzen Volkes.

Es war reiner Zufall, dass ich Evchen im hohen Alter noch einmal zu Gesicht bekam. Da führte ich ebenso wie meine Altersgenossen längst ein friedliches Rentnerdasein. Dass wir das, was hinter uns lag, überstanden hatten, ließ uns dankbar sein. Ich lebte in einer kleinen, aber behaglichen Wohnung, hatte nette Nachbarn, traf mich mit Gleichaltrigen in Parks und machte gelegentlich Ausflüge in die Innenstadt, von denen ich so erschöpft war, dass ich mich danach immer dringend für ein Schläfchen hinlegen musste. Ich verhielt mich mehr und mehr nach dem Spruch von Heinrich Zille: *Wie herrlich ist es, nichts zu tun, und dann vom Nichtstun auszuruhn.* Was allerdings nicht ganz stimmte, denn die mein Leben lang nebenbei gemachte Hausarbeit nahm mehr und mehr Zeit und Kraft in Anspruch.

Meine Eltern waren vor langer Zeit gestorben, und von meinen im Ausland lebenden Geschwistern hörte ich wenig. Umso überraschter war ich, als eines Tages das Telefon klingelte und Evchen am Apparat war. Wie sich zu meiner Verblüffung herausstellte, lebte sie zwar nicht in meiner unmittelbaren Nähe, aber in derselben Stadt. Durch reinen Zufall hatte sie von mir gehört und sich meine Telefonnummer aus dem Telefonbuch herausgesucht. Im Alter erinnert man sich hin und wieder gern an seine Kindheit, und so war meine Freude über ihren angekündigten Besuch groß. Ganz aufgeregt schusselte ich an diesem Nachmittag durch meine Wohnung, und wie es einem mit beinahe neunzig Jahren so geht, wenn man besonders fit sein möchte, machte ich alles verkehrt und stellte die alten Kartoffeln vom Vortag auf den Esstisch anstatt des Kuchens. Glücklicherweise merkte ich die Verwechslung noch rechtzeitig.

Bei unserer gegenseitigen Musterung sagten wir wie aus einem Munde: »Du hast dich überhaupt nicht verändert!« Aber unsere Blicke sagten etwas anderes. Evchens Gardemaß war geschrumpft und über einen Stock gebeugt, während ich, die nie eine Gazelle gewesen war, nun Frau Holle ähnelte. Doch auch wenn der Körper seinen Tribut gefordert hatte, war Evchen im Kopf noch wesentlich fixer als ich. Es entstand eine lebhafte Unterhaltung.

Wir waren uns einig, dass früher zwar nicht alles, aber vieles doch besser gewesen sei, zum Beispiel die Kindererziehung. Und irgendwann kamen wir auf ihr

Lieblingsthema, die Katzen, zu sprechen. Mir war klar, dass sie davon nicht so schnell wegzukriegen wäre. Nun habe ich dummerweise die Angewohnheit, abzuschalten, wenn mich etwas langweilt, dabei aber ein interessiertes Gesicht zu machen, was zur Folge hat, dass ich während des Gesprächs leicht den Anschluss verpasse. So auch dieses Mal.

Während ich also mit gespielter Aufmerksamkeit bei den Lobeshymnen über ihre jetzige, anscheinend sehr wertvolle Katze mehr weg- als zuhörte, bemerkte ich plötzlich, dass gar nicht mehr von diesem Tier, sondern von etwas ganz anderem die Rede war, nämlich vom Internet und den phantastischen Möglichkeiten, die es bot. Sie sprach von Bits und Bytes, Googeln, Chatten und Twittern.

Nun ist für mich schon immer jede Art von Technik ein Buch mit sieben Siegeln gewesen. Jedes Kleinkind würde die Spülung eines Klos besser erklären können als ich. Und nun auch noch das Internet! Ich konnte ein Gähnen gerade noch unterdrücken und war kurz davor, einzunicken. Da begann Evchen laut zu lachen. »Ich merke schon, das Internet ist nicht so dein Fall. Aber du verpasst wirklich was. Damit kannst du eine völlig neue Welt entdecken!« Ihre Augen bekamen den gleichen schwärmerischen Ausdruck wie die meiner Lehrerin im Lyzeum, wenn sie von »unserem Führer« gesprochen hatte. »Die eine genügt mir«, sagte ich trocken.

Es wurde dann aber doch noch eine sehr gemütliche halbe Stunde. Wir erinnerten uns an früher, und obgleich wir uns jahrelang nicht gesehen hatten, fanden wir sehr schnell in die alte Vertrautheit zurück. Später bestellte ich ein Taxi für sie und versprach ihr beim Abschied, sie ebenfalls zu besuchen. Im Allgemeinen bin ich schwer aus meinem Bau herauszulocken, aber in diesem Fall war es anders. Als sie sich telefonisch für den schönen Nachmittag bedankte, verabredeten wir uns gleich für ein Treffen bei ihr.

Evchens Wohnung lag im ersten Stock. Und da die Haustür offen stand, brauchte ich nur an der Wohnungstür zu klingeln. Aber es war nicht meine Cousine, die mir öffnete, sondern die Nachbarin.

»Kommen Sie rein«, sagte sie zu mir. »Ihre Freundin hatte einen kleinen Schwächeanfall und liegt im Bett. Ich hätte Ihnen ja noch absagen können, aber sie hat sich so auf Ihren Besuch gefreut. Da hab ich gedacht, ach was, ein bisschen Ablenkung ist auch nicht schlecht.« Sie führte mich in Evchens Schlafzimmer und verschwand.

»Dumm gelaufen.« Evchen lächelte mich an, klang jedoch etwas matt. »Aber schön, dass du trotzdem gekommen bist.« Sie richtete sich auf und deutete auf den Nachttisch, auf dem eine Kanne Tee und zwei Tassen bereitstanden. »Leider musst du dich selbst bedienen.«

»Macht doch nichts«, sagte ich. »Wir plaudern jetzt ein bisschen, und dann geh ich wieder.«

Ich sah mich in dem gemütlichen Schlafzimmer um, und was neben der kleinen Lampe auf dem Nachttisch saß, war tatsächlich der Uraltteddy Hansemann. Erstaunt nahm ich ihn in die Hand. »Na, altes Haus«, sagte ich, »freust du dich, mich wiederzusehen?« Ich musterte ihn von allen Seiten. »Richtig schick«, sagte ich zu Evchen, denn er war neu eingekleidet und sah aus, als hätte er einen größeren Ausflug vor.

»Du musst wissen«, sagte meine Cousine etwas gespreizt, »ich habe ihm eine Reise versprochen, die

er jetzt allein machen muss. Ich werde ihn wohl kaum noch begleiten können.«

»Red doch keinen Unsinn«, sagte ich. »Wohin soll denn die Reise gehen?«

»Zum Polarkreis«, sagte meine Cousine.

Ich musterte sie verstohlen. Evchen sah nicht nur verändert aus, sie wirkte auch ziemlich wirr. Ich beschloss, sie ein wenig aufzumuntern und zum Lachen zu bringen. Also meinte ich in fröhlichem Ton: »Wenn ich dich richtig verstanden habe, geht Hansemann seit Neuestem allein auf Reisen. Und jetzt fährt er sogar zum Polarkreis. Wirklich schade, dass er die Eisbären ganz allein bestaunen muss und ihn seine frühere Ehefrau, Puppe Rosa, nicht begleiten kann.«

Doch mit diesem Nonsens erreichte ich eher das Gegenteil meiner guten Absicht. Evchen sah mich plötzlich feindselig an und sagte: »Deine Schuld. Dir war ja mein Hansemann für deine affige Puppe nie gut genug. Sonst hättest du sie mir damals mitgegeben.«

Ich war völlig baff und begriff langsam: Meine Cousine war in ihre alte Kinderwelt zurückgekehrt.

»Ich denke, du gehst jetzt«, sagte Evchen nach ein paar Schweigeminuten. »Ich bin schrecklich müde.«

Ich erhob mich erleichtert, beugte mich über sie und gab ihr einen Abschiedskuss. Dann fuhr ich ziemlich deprimiert nach Hause. Das arme Evchen, die hatte es ja wirklich schwer erwischt. Einen Teddybär auf Reisen schicken! Wie gut, dass sie die nette Nachbarin hatte.

Bald danach musste ich selbst zu einem kleinen Eingriff ins Krankenhaus und fuhr anschließend zur Erholung zwei Wochen an die Ostsee. Als ich in meine Wohnung zurückkehrte, lag dort die Todesanzeige meiner Cousine und ein kurzer Brief der Nachbarin, ich möge doch noch einmal vorbeikommen, meine Freundin habe mir etwas hinterlassen. Wie sich herausstellte, war es die aufziehbare Armbanduhr mit den Leuchtziffern, um die ich sie damals in den Ferien auf dem Lande so sehr beneidet hatte.

Der Rest von Evchens Wohnung war bereits fast leer geräumt.

»Was ist denn aus der Katze geworden?«, fragte ich die Nachbarin.

»Was'n für 'ne Katze?«, fragte sie entgeistert.

»Angeblich eine sehr wertvolle«, sagte ich.

Sie sah mich ganz erstaunt an. Aber dann erhellte sich ihr Gesicht, und sie rief: »Ach, die meinen Sie! Die visuelle! Ach, Unsinn! Ich meine die *virtuelle* aus'm Internet. Um die kümmert sich jetzt mein Junge. Dafür hat er auch den Computer Ihrer Freundin geerbt. Ehrlich gesagt, ich versteh nichts davon. Im Internet soll es ja sogar einen Friedhof für diese Viecher geben.«

»Und wo ist Hansemann hingekommen?«, fragte ich. »Sie wissen schon, der Teddy.«

»Keine Ahnung«, sagte die Nachbarin, »wahrscheinlich auf dem Müll gelandet.«

Wieder zu Hause angekommen, musste ich mich erst einmal hinlegen, um das Ganze zu verdauen. Danach ließ ich noch einmal die Vergangenheit aufleben. Kein Zweifel, das hier war, für mich jedenfalls, das von dem Onkel einst prophezeite blaue Wunder. Eine virtuelle Katze und ein Teddy auf dem Weg zum Polarkreis! Was für Schnapsideen!

Ein paar Tage später bekam ich die Quittung für meinen Unglauben. Wie ich der Zeitung entnahm, gab es tatsächlich eine finnische Agentur, die Reisen

allein für Teddybären und andere Plüschtiere organisierte. Die Kunden mussten lediglich volljährig sein oder durch einen Erziehungsberechtigten vertreten werden. Das angebotene Programm war reichhaltig. Je nach Wunsch konnte der Teddy an einer Stadtrundfahrt teilnehmen, als frommes Plüschtier eine Kirche besuchen, hoch zu Ross die Gegend erkunden oder die Eisbären am Polarkreis bewundern. Vor der Rückreise bekam er zur Erinnerung eine DVD und Fotos mit. Für einen Augenblick vermischten sich auch bei mir Wirklichkeit und Phantasie, und ich sah Hansemann und meine mit Ballkleid und Stöckelschühchen nicht gerade passend gekleidete Puppe auf einer Eisscholle sitzen und den Eisbären zuwinken.

Doch dann zauberte die Erinnerung den Sommer auf dem Lande zurück, der – wie Evchen und ich uns bei ihrem Besuch immer wieder versichert hatten – unser schönstes Kindheitserlebnis gewesen war. Ich sah uns wieder über die Wiese rennen, die nackten Füße angenehm gekühlt von dem sumpfigen Untergrund, sah zahllose Heuschrecken entsetzt beiseitespringen und Zitronenfalter übers Gras gaukeln. Ich hatte den melancholischen Singsang einer Kreissäge aus dem Dorf im Ohr und sah uns das Birkenwäldchen erreichen. Es dauerte eine Weile, bis wir jene Birke fanden, auf der der böse Florian Hansemann ausgesetzt hatte. Ich sah den Teddy griesgrämig auf uns herunterschauen. Ich sah Florian von seiner starken Cousine eingeschüchtert auf den Baum klettern, um Hansemann herunterzuholen, und ihn vor Schreck fast den Halt verlieren, als der Teddy zu brummen anfing. Gleichzeitig sprach ich einen alten Schlager aus jener Zeit vor mich hin: »Es war einmal ein Teddybär, der blies Trompete und noch mehr, und war man zu ihm grob und barsch, dann blies er den Radetzkymarsch.«

Alle drei Vettern waren gefallen, und auch Onkel und Tante gab es nicht mehr. Doch ehe mich die Trauer über all das Verlorene überwältigen konnte, bediente ich mich mal wieder eines von meiner Großmutter erprobten Hausmittels: *Ne Runde Schlaf, und die Welt sieht schon wieder besser aus.*